Benjamin et
la fée des dents

Données de catalogage avant publication (Canada)

Bourgeois, Paulette
  [Franklin and the tooth fairy. Français]
Benjamin et la fée des dents

Traduction de: Franklin and the tooth fairy.

ISBN 0-590-24696-8

I. Clark, Brenda. II. Titre. III. Titre: Franklin
and the tooth fairy. Français.

PSS8553.085477F7314 1995 jC813'.54
PZ23.B68Be 1995   C95-931865-8

Édition publiée par Les éditions Scholastic, 123, Newkirk
Road, Richmond Hill (Ontario) L4C 3G5, avec la
permission de Kids Can Press Ltd.

5 4 3 2 1   Imprimé à Hong-Kong   5 6 7 8/9

Benjamin et la fée des dents

Paulette Bourgeois
Illustrations de Brenda Clark

Texte français de Christiane Duchesne

Les éditions Scholastic

Benjamin sait compter par deux et nouer ses lacets. Il a beaucoup d'amis, et un meilleur ami nommé Ourson. Ourson et Benjamin ont le même âge. Ils vivent dans le même quartier. Ils aiment les mêmes jeux. Mais un matin, Benjamin s'aperçoit qu'Ourson et lui sont un peu différents.

En attendant l'autobus scolaire, Ourson met les
doigts dans sa bouche et fait bouger une de ses dents
d'avant en arrière. Il la secoue, il la remue et, avec un
petit coup, la dent tombe.

— Regardez-moi ça! dit Ourson. Je viens de perdre
ma première dent.

Benjamin est intrigué. Il y a même un peu de sang
sur la dent.

— C'est terrible! dit-il. Qu'est-ce que tu vas dire à ta
mère?

Ourson éclate de rire.

— Mes dents doivent tomber, dit Ourson,
pour faire de la place à mes dents d'adulte.

Benjamin passe la langue sur ses gencives.
Elles sont lisses, fermes et complètement
dépourvues de dents.

— Je n'ai pas une seule dent, dit Benjamin.

C'est au tour d'Ourson d'avoir l'air intrigué.

Les amis de Benjamin secouent tristement
la tête.

— Dommage, disent-ils.

Benjamin se demande pourquoi. Il n'a jamais
eu besoin de dents.

Ourson enveloppe sa dent dans un morceau
de tissu et la met dans son sac à dos.

— Il ne faut pas que je la perde, dit-il.

Tout le long du chemin, Benjamin se demande bien pourquoi Ourson tient tant à garder sa vieille dent. Surtout s'il doit avoir bientôt une dent d'adulte toute neuve. Ça, c'est quelque chose!

— Pourquoi veux-tu garder ta dent? demande Benjamin. Tu vas en avoir une autre, et une grosse!

Tous ses amis le regardent, étonnés.

— Tu ne connais pas la fée des dents?
demande Renard.

Benjamin secoue la tête.

— Le soir, avant d'aller te coucher, tu caches
ta dent de bébé sous ton oreiller. Puis, la fée des
dents passe et emporte la dent, explique Renard.

— Mais c'est du vol! s'exclame Benjamin.
Qu'est-ce que la fée des dents peut bien faire
avec toutes ces dents?

Un grand silence s'installe.

Ourson se gratte la tête. Renard remue la queue et Bernache fait bouffer ses plumes.

— Je ne sais pas, dit Ourson, mais elle nous laisse quelque chose.

— Une de ses propres dents? demande Benjamin.

Tout le monde éclate de rire.

— Oh! Benjamin! dit Renard. La fée des dents laisse un cadeau.

Benjamin se demande bien quelle sorte de cadeau la fée des dents peut laisser.

— J'espère que j'aurai des sous, dit Ourson.

— Quand j'ai perdu ma première dent, dit Raton, j'ai reçu un livre.

— Moi, j'ai eu des crayons de couleur, dit Renard.

Benjamin se frotte les gencives. Il aimerait bien avoir une dent à laisser à la fée des dents. Il voudrait lui aussi avoir un cadeau.

Aussitôt qu'il arrive à l'école, Ourson montre sa dent à monsieur Hibou.

Monsieur Hibou est très content.

— Quand on perd ses dents de lait, c'est qu'on grandit, dit-il.

Benjamin ne dit rien. Il n'a pas de dents, mais il veut grandir, lui aussi.

Benjamin est très tranquille tout le reste de la journée.

Même à la maison, Benjamin est plus tranquille que d'habitude.

— Qu'est-ce qui ne va pas? demande sa mère.

— Je n'ai pas de dents, répond-il.

— Nous n'en avons pas non plus, dit son père. C'est comme ça chez les tortues.

— Mais je veux des dents! dit Benjamin.

Les parents de Benjamin sont étonnés.

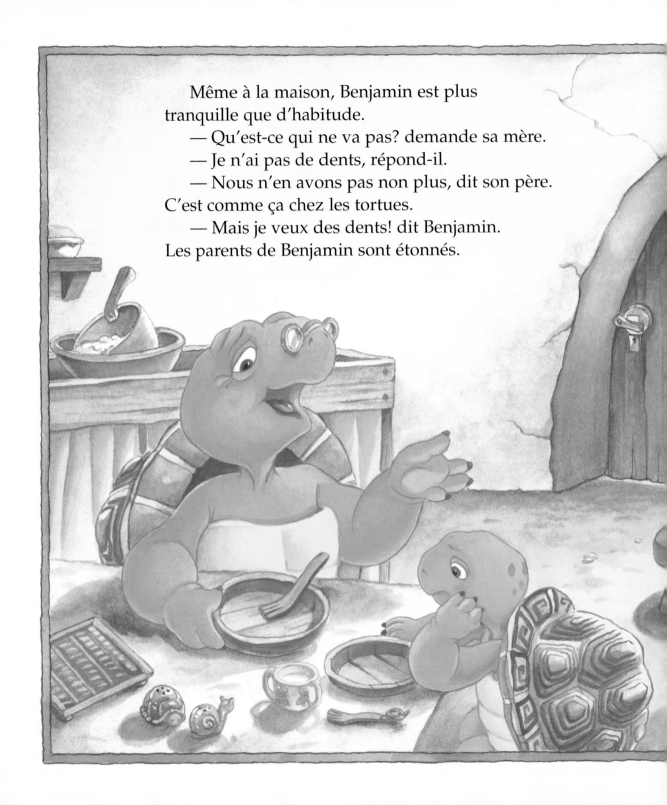

— Mes amis reçoivent des cadeaux de la fée des dents quand ils perdent leurs dents, dit Benjamin.

— Pourquoi ont-ils des cadeaux en échange d'une vieille dent? demande son père.

— Ça veut dire qu'ils grandissent, répond Benjamin.

— Je vois, dit son père.

Ce soir-là, avant d'aller au lit, Benjamin a une bonne idée. Peut-être que les fées des dents ne savent pas que les tortues n'ont pas de dents. Il trouve un petit caillou blanc et le cache sous son oreiller.

Il demande à sa mère de l'aider à écrire un message.

Chère fée des dents,

Ceci est une dent de tortue. Vous n'en avez sans doute jamais vue. S'il vous plaît, laissez-moi un cadeau.

Benjamin

Benjamin se réveille très tôt le lendemain matin. Il regarde sous sa carapace. Le caillou n'est plus là, et il y a un message à la place d'un cadeau.

Benjamin court à la chambre de ses parents.
— Qu'est-ce qui est écrit? demande-t-il.
Le père de Benjamin met ses lunettes.

Cher Benjamin,

Je regrette. Les tortues n'ont pas de dents. Dommage!

Ton amie, la fée des dents

Benjamin n'est pas du tout content. Mais tout à coup, il aperçoit un gros cadeau près de son bol.

— Ouvre-le, dit sa mère.

C'est un magnifique livre.

— De la part de qui? demande Benjamin.

— De la nôtre, répondent ses parents. Parce que tu grandis.

Benjamin se tient très droit.

— Merci, dit-il.

Depuis, Benjamin ne s'inquiète plus des différences entre Ourson et lui. Il sait que, pour tout ce qui est important, Ourson et lui sont tout à fait pareils.